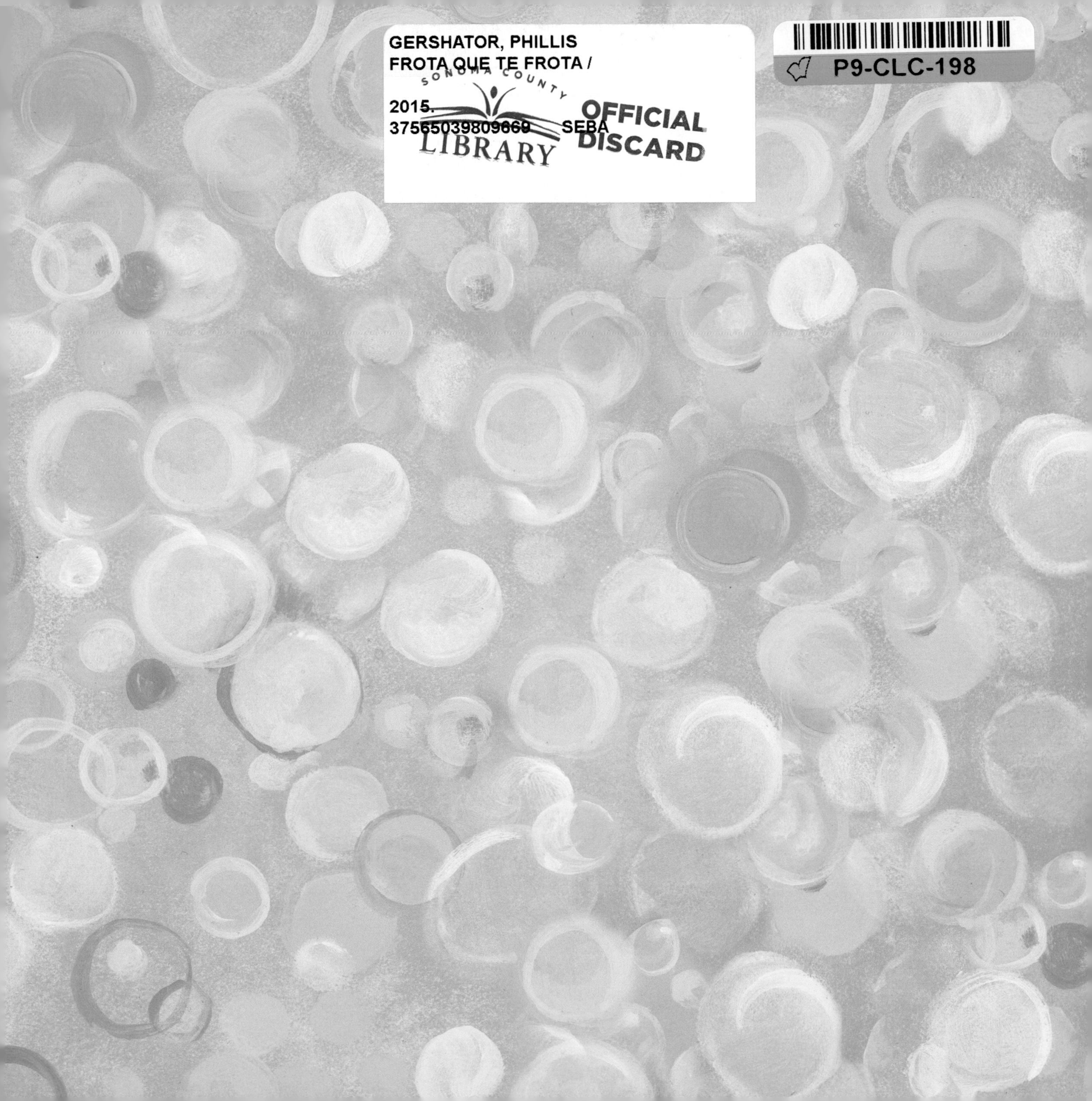
GERSHATOR, PHILLIS
FROTA QUE TE FROTA /
SONOMA COUNTY LIBRARY
2015.
37565039809669 SEBA
OFFICIAL DISCARD
P9-CLC-198

Corimbo

© 2015, Editorial Corimbo por la edición en español
Av. Pla del Vent 56, 08970 Sant Joan Despí, Barcelona

Traducción al español de Ana Galán

1ª edición octubre 2015
Publicado originalmente en EE UU por Sterling Publishing Co.,
Título de la edición original: "TIME FOR A BATH"
Copyright del texto © 2014 Phillis Gershator
Copyright de las ilustraciones © 2014 David Walker

Este libro ha sido negociado a través de la Agencia Literaria Ute Körner, S.L.U., Barcelona

Impreso en Arlequin & Pierrot, S.L., Barcelona
Depósito legal: DL B. 17987-2015
ISBN: 978-84-8470-529-1

Cualquier forma de reproducción, distribución, comunicación pública o transformación de esta obra, solamente puede ser efectuada con la autorización de los titulares de la misma, con la excepción prevista por la ley. Dirigirse a CEDRO (Centro Español de Derechos Reprográficos) si necesita fotocopiar o escanear algún fragmento de esta obra (www.conlicencia.com; 91 702 19 70 / 93 272 04 47).

por Phillis Gershator
ilustrado por David Walker

Corimbo

¡Arriba, chiquitina!

Hay mucho por hacer.
Hoy vamos a jugar
y a trabajar también.

¡Ay! ¡Mira, se cayó!
Lo limpiaré después.

Harina y mantequilla.
Estás toda pringosa.

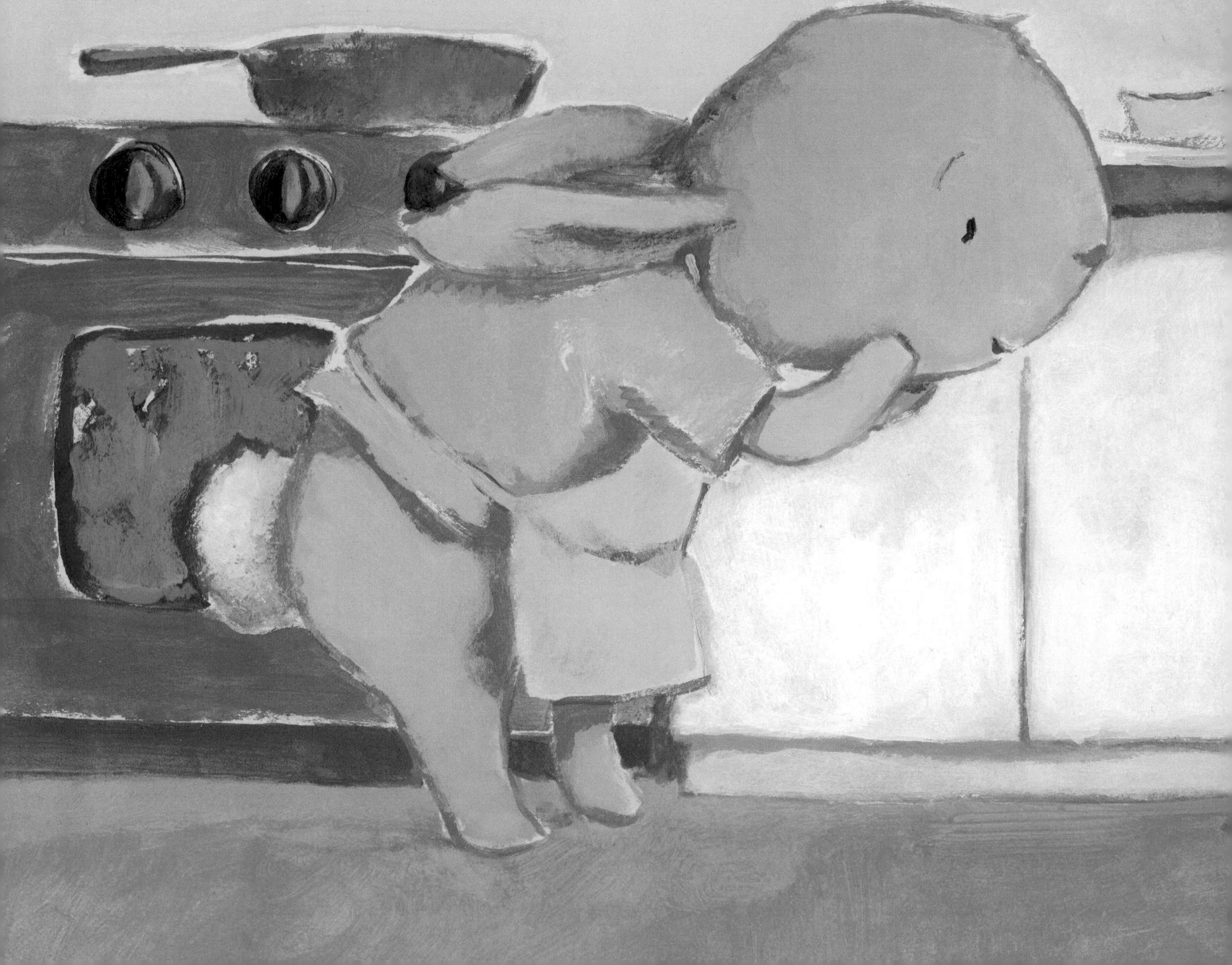

Llenamos la bañera.
¿Ya sabes lo que toca?

¡FROTA QUE TE FROTA!

Frota, frota por aquí.
Frota, frota por allá.
Así mi chiquitina
limpita quedará.

Buscas un gusano,

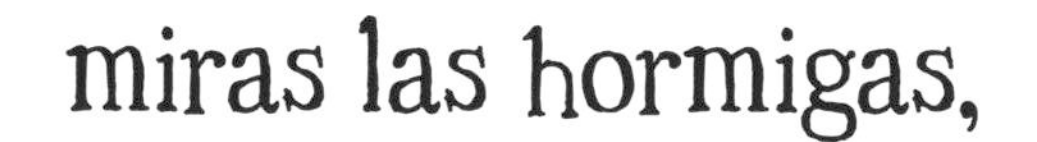

miras las hormigas,

ruedas en la hierba,
estás panza arriba.

Haces un agujero,

apartas las rocas,

riegas las semillas.
¿Sabes lo que toca?

¡frota que te frota!

Salpicas por aquí.
Salpicas por allá.
Ya pronto la tierra desaparecerá.
En un momento, el polvo marchará

Buscas un cangrejo,

sigues la gaviota,

haces un castillo,
saltas con las olas.

Comes un helado,
te ensucias
la boca.

¿Ya sabes lo que toca?

¡frota que te frota!

Nadas por aquí.
Nadas por allá.
Esta conejita sabe bucear.

Vas a los columpios,

juegas con las hojas

verdes y amarillas
¡también las hay rojas!

Haces dos pasteles
con barro y con hojas.
¿Ya sabes lo que toca?

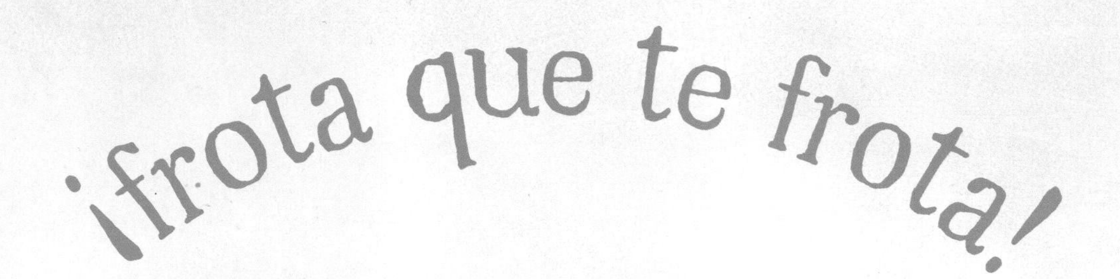

Frota,
frota el cuerpo
y la barrigota.

Haces un dibujo,
pintas con las brochas.
Eres una artista
y serás muy famosa.

¡Mira!
Se ha caído
la pintura rosa.

¿Ya sabes lo que toca?

¡frota que te frota!

Con champú hacemos
pompas y más pompas.
Pompitas pequeñas
y pompas muy gordas.

POMPAS
PARA
CONEJITOS

¡Uno, dos y tres!
¡Todos a la vez!
La ballena, el pato y también el pez.

¿Sabes qué hora es?

La hora del baño
es muy divertida.
Te seco.
Te ríes.
Te hace cosquillas.

Sequita y contenta,
y muy abrigada,
te leeré un cuento,
cantaré una nana.

Te beso y te abrazo.

Te arropo en la cama.

Duerme, chiquitina.
Duerme hasta mañana.